AF196140

ElviEra Kensche

Die silberfarbene Gebäckdose

Betthupferlgeschichten

©2020 ElviEra Kensche
Verlag & Druck: tredition GmbH, Halenreihe 40-44,
22359 Hamburg

978-3-347-07599-3 (Paperback)
978-3-347-07600-6 (Hardcover)
978-3-347-07601-3 (e-Book)

Der Reinerlös aus dem
Verkauf des Buches
geht an
Naturschutzorganisationen

Wer kennt das nicht? Da liegt man im Bett, ist eigentlich müde, aber kann nicht schlafen. Also nimmt man sich etwas zum Lesen. Aber was? Einen Roman? Viel zu lang und aufregend.

Abhilfe schafft dieses kleine Büchlein mit Betthupferlgeschichten. Jede Geschichte ist in sich abgeschlossen. Man läuft also keine Gefahr, vor lauter Spannung, wie es weitergeht, doch nicht einschlafen zu können.

Neugierig geworden? Dann probieren Sie es aus.

Ich wünsche Ihnen viel Freude und angenehme Träume.

ElviEra Kensche

Die silberfarbene Gebäckdose

Wir schreiben das Jahr 1854. Heute ist der 5. September. Dorothea feiert ihren achtzigsten Geburtstag.

Dorothea hat nie geheiratet. Mit sechzehn Jahren traf sie ihre große Liebe. Johannes war zehn Jahre älter und stammte aus reichem Haus. Seine Eltern hatten etwas gegen die Verbindung und Johannes' Liebe war nicht stark genug, um sie zu verteidigen. Er trennte sich von ihr. Ein paar Jahre später heiratete er die Tochter eines Geschäftsfreundes seines Vaters. Dorothea hat ihn nie wiedergesehen.

Ihre ganze Liebe schenkte sie nun den fünf Kindern ihres früh verwitweten Bruders Wilhelm. Nun sind auch diese schon Eltern, teilweise Großeltern geworden. Ihr Bruder lebt bei der jüngsten Tochter Johanna, die auch unverheiratet ist. Dorothea ist vor einigen Jahren zur Familie ihrer Großnichte Ingeborg gezogen. Noch immer lässt sie es sich nicht nehmen, im Haushalt zu helfen und auf ihre Urgroßneffen aufzupassen. Ingeborg und ihr Mann haben drei Jungs, eine richtige Rasselbande.

Aber heute soll gefeiert werden. Alle wollen kommen und Dorothea freut sich schon sehr. Ob ich auch meine Lieblingskekse bekomme, überlegt sie. Johanna wird bestimmt welche backen, freut sie sich und ein Lächeln zieht über ihr runzliges Gesicht. Dorothea ist eine Naschkatze und die Mandelplätzchen ihrer Nichte Johanna liebt sie besonders.

Am Nachmittag sind alle versammelt. Es gibt Blumen, Schokolade und natürlich eine große Tüte Mandelplätzchen von Johanna. Davon probiert Dorothea gleich eines. „Oh, sind die lecker, danke", strahlt sie.

„Aber wir haben ja noch etwas für dich, Urgroßtante Dorothea", ruft plötzlich Lina, die jüngste der großen Familie und hält Dorothea ein buntes Päckchen hin. Ganz gespannt öffnet Dorothea es. Zum Vorschein kommt eine Silberdose. Natürlich ist es kein echtes Silber, das ist viel zu teuer. Sie ist aus Zinn, doch wunderschön, mit eingravierten Mustern und dem Wort „Gebäck" auf einer Seite. Auf dem Deckel aber steht die Zahl **1774**. „Aber das ist ja mein Geburtsjahr." Dorothea hat Tränen der Freude in den Augen und umarmt alle nacheinander.

Kurz vor ihrem fünfundachtzigsten Geburtstag stirbt Dorothea. Bis zuletzt hat sie jeden Tag zwei Mandelplätzchen gegessen. Johanna sorgte dafür, dass die Dose nie leer wurde.

Ja, so könnte es gewesen sein, denkt Hanna und betrachtet die silberfarbene Dose in ihrer Hand. An den Seiten sind reichhaltige Verzierungen zu sehen und etwas verblasst das Wort „Gebäck". Im Deckel ist die Jahreszahl **1774** eingraviert. Die Dose stammt aus dem Nachlass ihrer Schwiegereltern. Ihr Mann und sie haben immer geglaubt, sie stamme auch aus diesem Jahr.

Kürzlich hat Hanna die Dose von einem Experten begutachten lassen. Dabei erfuhr sie, dass sie nicht 1774 hergestellt wurde, sondern viel später, im neunzehnten Jahrhundert. Sie sei nur ein paar Euro wert.

Verkaufen will Hanna die Dose auch nicht, dazu gefällt sie ihr zu sehr.

Ja, so könnte es gewesen sein, denkt Hanna noch einmal und stellt die Dose zurück auf den alten Messingtisch, den ihr Mann vor vielen Jahren aus einem Nachlass erworben hat.

Was der wohl für eine Geschichte hat?

Der Weitergeb-Glückspfennig

Anna ist heute etwas traurig. Das kommt manchmal aus heiterem Himmel. Dann hilft nur ein Spaziergang. Wie sie nun so einen ihrer Lieblingswege entlanggeht, ganz in Gedanken, fällt ihr Blick auf einmal auf etwas, das genau vor ihr liegt. Sie bückt sich. Ein Glückscent, freut sie sich. Doch dann schaut sie genauer hin. Nein, es ist tatsächlich ein Pfennig. Wie kommt der hierher, denkt sie verwundert. Die gibt es doch schon lange nicht mehr. Anna steckt den Pfennig in ein kleines Seitenfach ihrer Tasche und geht weiter. Aber plötzlich merkt sie, dass sie gar nicht mehr traurig ist. Sie sieht sich mit leuchtenden Augen um, sieht die vielen Blumen, auf denen sich Hummeln und Bienen tummeln und geht fröhlich weiter. „Hallo", hört sie da mit einem Mal eine Stimme. Nanu? Sie ist ganz allein. Nirgendwo eine Menschenseele zu sehen. Ach, ich habe mich wohl verhört, denkt sie. Doch da hört sie es schon wieder. Es kommt aus dem kleinen Seitenfach, in das sie den Pfennig gesteckt hat. Erstaunt holt sie den Pfennig heraus und legt ihn auf ihre Hand. Er hat ja plötzlich ein Gesicht. Und nun spricht er mit ihr: „Ich bin ein Weitergeb-Glückspfennig. Bist du noch traurig?" „Nein", antwortet Anna, „es ist so schön heute, die Sonne scheint und die Vögel singen. Wie sollte ich da traurig sein." „Dann musst du mich weitergeben, wenn du jemanden triffst, der traurig ist. Weißt du noch, warum?" „Ja", lacht Anna, „du bist ein Weitergeb-Glückspfennig." Sie steckt ihn wieder in ihre Tasche und will weitergehen. Da trifft sie ihre Freundin Elisabeth. „Was lachst du so fröhlich?", fragt diese. „Ich weiß nicht, ich will heute gar nicht froh werden. Nicht einmal die Sonne kann mich aufheitern." „So ging es mir heute auch", lacht Anna, „aber dann habe ich das hier gefunden." Sie zeigt Elisabeth den Glückspfennig. „Einen Pfennig? Na, das ist ja erstaunlich in der heutigen Zeit. Und der lag einfach so da?" „Ja", Anna drückt Elisabeth den Pfennig in die Hand, „er lag vor mir auf dem Weg und mit einem Mal war ich nicht mehr traurig. Ich schenke ihn dir, denn du brauchst ihn jetzt nötiger. Aber wenn du wieder fröhlich bist, höre darauf, was er zu dir sagt." Kopfschüttelnd geht Elisabeth weiter und mit einem Mal ist auch sie wieder fröhlich. Sie freut sich über den kleinen Spatzen auf dem Weg und zerkrümelt einen Keks, den sie in der Tasche hat. Mmh, da pickt er aber und zwitschert ihr als Dank ein Liedchen. Warum war ich denn nur traurig, denkt Elisabeth, die Welt kann doch so schön sein. „Bist du nun wieder froh, Elisabeth?" Nanu, Anna ist doch schon lange gegangen. Wer spricht da mit ihr? Da hört sie die Stimme wieder. „Elisabeth, hol mich heraus." Der Pfennig? Wo habe ich ihn denn? Ach ja, sie hat ihn ganz in Gedanken in die Jackentasche gesteckt. Als sie ihn herausholt, staunt sie nicht schlecht. Er spricht zu ihr: „Ich bin ein Weitergeb-Glückspfennig, Elisabeth. Wenn du wieder glücklich bist, verschenke mich an jemanden, der traurig ist." Ich werde alt, denkt Elisabeth, jetzt höre ich schon einen Pfennig sprechen. Aber hatte Anna nicht gesagt, höre darauf, was er zu dir sagt? Sie schüttelt den Kopf, steckt den Pfennig wieder ein und führt ihren Weg fort. Da sieht sie ihren Nachbarn. „Guten Morgen, Herr Schulz", begrüßt sie ihn fröhlich, „ist das nicht ein schöner Tag?" Herr Schulz schüttelt traurig den Kopf. „Wenn man wie ich alt ist und ganz allein, was soll da der Tag schön sein? Richtig laufen kann ich auch nicht mehr." Er stützt sich auf seinen Rollator und hat ein paar Tränen in den Augen. „Aber Herr Schulz", antwortet Elisabeth, „in unserem Alter muss man positiv denken. Sehen Sie mal", sie zeigt auf den Rollator, „ohne dieses Ding würden Sie sich doch gar nicht mehr aus ihrer Wohnung trauen. Nun sollten Sie sich freuen, dass Sie, wenn auch langsam, in der Sonne spazieren gehen können. Und wenn Sie eine Pause brauchen, setzen Sie sich." „Hmm", Herr Schulz ist immer noch nicht ganz überzeugt. „Schauen Sie mal, was meine Freundin Anna gefunden hat." Elisabeth zeigt Herrn Schulz den Pfennig. „Ein Pfennig? So einen habe ich ja ewig nicht gesehen." Herr Schulz betrachtet ihn erstaunt. „Nicht wahr? Er macht sie wieder froh, ganz bestimmt. Ich schenke Ihnen den Pfennig." „Wirklich, für mich?" Herr Schulz strahlt. „Danke. Und wissen Sie was, Frau Nachbarin? Sie haben Recht. Trübsal blasen führt zu nichts." Dann geht er weiter. Elisabeth schaut ihm nach und hat das Gefühl, dass sein Gang etwas leichter ist. Dann fällt ihr noch etwas ein. „Wenn Sie nicht mehr traurig sind, hören Sie darauf, was er zu Ihnen sagt", ruft sie. Aber das hört er schon nicht mehr.

Herr Schulz hat aufgehört, zu weinen. Anderen geht es viel schlechter, denkt er, und dass ich keine Familie habe, ist auch nicht so schlimm, wenn ich so eine nette Nachbarin habe. Er schaut beinahe ein wenig verschmitzt und gar nicht mehr traurig. „Herr Schulz, hören Sie mich?" Wer ruft ihn denn da? Seine Nachbarin kann es nicht gewesen sein, die ist nicht mehr zu sehen. „Herr Schulz, ich bin es", hört er da wieder und er bemerkt, dass es aus seiner Hosentasche kommt. Da hat er doch den Glückspfennig hineingesteckt. Er nimmt ihn vorsichtig heraus. „Na endlich, Herr Schulz", der Glückspfennig wirkt ungeduldig. „Ich muss Ihnen doch etwas sagen. Ich bin ein Weitergeb-Glückspfennig, wissen Sie. Sind Sie denn noch traurig?" Herr Schulz schaut verwundert und antwortet: „Nein, ich bin überhaupt nicht mehr traurig. Eigentlich geht es mir doch gut." Da spricht der Pfennig ihn wieder an: „Wenn Sie nun nicht mehr traurig sind, müssen Sie mich weitergeben, sobald sie jemanden treffen, der unglücklich ist. Versprechen Sie das?" „Ja, ja, das verspreche ich." Herr Schulz schaut sich verlegen um. Wenn mich jemand sieht, hält er mich für verrückt, denkt er und steckt den Pfennig wieder ein. Als er weitergeht, fällt sein Blick auf einen kleinen Jungen. Er sitzt im Rollstuhl und weint bitterlich. „Na, mein Junge", fragt Herr Schulz, „wie heißt du denn, und warum weinst du so?" Der kleine Junge blickt ihn an. „Ich heiße Jonas", schluchzt er, „und ich bin so traurig, weil meine Klassenkameraden nichts mit mir zu tun haben wollen. Sie spielen Fußball und ich darf nicht mal zusehen. Meine Mutti hat mir diesen Ball geschenkt." Er zeigt auf seinen Schoß. Dort liegt ein schöner Lederball. „Sie hat gedacht, die Jungs spielen dann Fangen mit mir. Aber sie haben mich ausgelacht. Das ist Kinderkram, haben sie gesagt, richtige Jungs spielen Fußball. Aber ich kann doch nichts dafür, dass ich nicht laufen kann." „Na, dann spielen wir beide Fangen Jonas, wirf den Ball mal in meinen Korb." Herr Schulz zeigt auf den kleinen Korb, der vorn am Rollator befestigt ist. Jonas blickt zu ihm auf und trocknet seine Tränen. Dann wirft er und trifft den Ball tatsächlich mitten in den Korb. „Na prima", ruft Herr Schulz, „und jetzt fang." Er nimmt den Ball vorsichtig mit einer Hand und wirft ihn mit so viel Schwung, wie er kann, Jonas zu. Und der fängt ihn und lacht. „Na, siehst du, frag deine Kameraden, ob du Torwart sein kannst. Aber jetzt muss ich gehen. Aber halt, ich habe ja noch etwas für dich." Herr Schulz nimmt den Pfennig aus seiner Hosentasche und drückt ihn dem erstaunten Jonas in die Hand. „Aus welchem Land kommt denn dieses seltsame Geldstück?", fragt Jonas. „Das gab es mal bei uns, bevor es Euro und Cent gab, mein Junge. Aber das ist schon lange her, da hast du noch nicht gelebt. Es ist ein Glückspfennig. Irgendetwas ist mit ihm, aber ich habe nicht mehr verstanden, was meine Nachbarin gerufen hat. Die hat ihn mir nämlich eben geschenkt. Und jetzt schenke ich ihn dir. Pass gut auf ihn auf." „Ja, das mache ich", antwortet Jonas „und danke nochmal." Er steckt den Pfennig in das kleine Reißverschlussfach an seiner Kappe und rollt so schnell er kann zur Schule. Auf dem Schulhof spielen seine Kameraden gerade mit den Jungs aus der Parallelklasse. Aber es scheint schlecht zu stehen. Die anderen haben schon drei Tore geschossen. Manuel, der im Tor steht, hat keinen Ball gehalten. Gerade ist Halbzeit. „Manuel", nölen die anderen, „was ist heute mit dir los? Wenn das so weitergeht, blamieren wir uns haushoch." „Lasst mich doch euer Torwart sein." Jonas blickt seine Klassenkameraden herausfordernd an. „Du? Aber du kannst ja nicht mal laufen", lachen sie ihn aus. „Aber rollen kann ich und fangen. Probiert es doch aus." Jonas lässt sich nicht beirren. Er denkt an den Glückspfennig. Na, schlimmer kann es ja nicht kommen, denken die anderen. „Versuch mal, den Ball zu halten", ruft Elias, der Kapitän. Jonas rollt ins Tor. Elias setzt an und schießt den Ball in seine Richtung. Jonas schaltet blitzschnell.

Linke Ecke, denkt er, rollt, hebt die Arme und fängt den Ball. Die Schulkameraden jubeln. „Das könnte ja wirklich klappen", rufen sie, „probieren wir es doch einfach mal." Als die Jungs von der gegnerischen Mannschaft Jonas erblicken, lachen sie laut auf. „Na, euer letztes Aufgebot? Das wollen wir mal sehen. Mindestens 5:0, wetten?" Die zweite Halbzeit beginnt. Und Jonas hält jeden Ball. Die Gegner werden langsam wütend und machen Fehler. Und seine Mannschaft? Die Jungs scheinen neuen Mut gefasst zu haben. Sie schießen ein Tor nach dem anderen. Am Ende steht es 5:3 für Jonas Mannschaft. „Jonas, du bist unser Held", rufen die Schulfreunde, „von nun an bist du unser Torwart." Alle freuen sich, nur Manuel ist ein wenig beleidigt. Aber schnell findet sich auch hier eine Lösung. „Wir ziehen doch in eine andere Stadt", sagt Luca zu ihm, „dann kannst du meine Stürmerposition übernehmen." Da ist Manuel nicht mehr böse, denn eigentlich wollte er ja immer schon Stürmer sein. Jonas bekommt noch eine Brause spendiert vom Sportlehrer, der ihm anerkennend auf die Schulter klopft.

Dann rollt Jonas freudestrahlend nach Hause. „Stell dir vor Mutti", erzählt er fröhlich, „ich bin jetzt Torwart in unserer Schulmannschaft. Ich habe alle Bälle gehalten." Die Mutti schaut ihn liebevoll an. Wenn er nur glücklich ist, denkt sie, er hat es schwer genug in seinem Leben.

Als Jonas ins Bett geht, legt er die Kappe mit dem Pfennig neben sich auf das Kopfkissen. Er träumt von großen Erfolgen. Doch dann wacht er auf. Hat mich da jemand gerufen? Ach nein, denkt er, ich habe wohl geträumt. Doch da hört er wieder etwas. Es kommt aus seiner Kappe. Jonas macht das Täschchen auf und betrachtet den Pfennig. Der spricht ja. „Jonas, bist du jetzt glücklich?" „Ja, sehr", antwortet Jonas, „aber was bist du denn für ein merkwürdiges Ding. Wieso sprichst du?" „Ich bin ein Weitergeb-Glückspfennig. Wenn du jetzt nicht mehr traurig bist, musst du mich weitergeben, wenn du jemanden triffst, der traurig ist. Vergisst du das auch nicht?" „Ja, das tue ich", verspricht Jonas und steckt den Pfennig wieder in das Fach an seiner Kappe zurück. Dann kuschelt er sich in seine Decke und schläft ein. Ich hatte ja einen merkwürdigen Traum, denkt er am nächsten Morgen. Heute kann er es kaum erwarten, zur Schule zu kommen. Endlich Freunde, freut er sich.

Auf dem Schulweg sieht Jonas ein Mädchen, das er noch nicht kennt, in einem Garten sitzen. Es sieht traurig aus. „Wer bist du? Ich heiße Jonas. Bist du neu in unserer Straße?" „Ja", antwortet das Mädchen, „ich heiße Sarah. Wir sind gestern hierhergezogen, und ich habe mich so gefreut, dass wir jetzt einen Garten haben. Aber die Schmetterlinge lassen sich nicht fangen. Dabei sind sie so schön." Traurig zeigt sie auf einen bunten Schmetterling, der gerade an ihrer Nasenspitze vorbeifliegt. „Du bist aber dumm", sagt Jonas altklug zu ihr, „Schmetterlinge kann man doch nicht fangen. Freu dich doch, wie schön sie im Garten umherfliegen. Wenn du sie unbedingt fangen willst, dann fang sie mit den Buntstiften ein." Er zeigt auf den Zeichenblock und die Stifte, die neben Sarah auf der Gartenbank liegen. Der Block ist ganz weiß. „Aber weißt du was", fällt ihm gerade ein, „ich schenke dir einen Glückspfennig, dann bist du bestimmt wieder froh." Er nimmt den Pfennig aus seiner Kappe und legt ihn Sarah in die Hand. Die betrachtet ihn erstaunt. „Was ist denn das für eine Münze? Wo kommt die her?" Stolz gibt Jonas sein neu erworbenes Wissen weiter. „Ich muss zur Schule, tschüss Sarah", endet er. „Ach, eines noch. Wenn du wieder fröhlich bist, höre auf das, was der Pfennig zu dir sagt." Dann rollt er weiter. „Mache ich", ruft Sarah hinter ihm her, „danke." Sie wundert sich kein bisschen, dass der Pfennig sprechen soll, denn kleine Mädchen glauben ja noch an Märchen. Freudestrahlend nimmt Sarah ihren Block und malt die buntesten Schmetterlinge. Und traurig? Nein, das ist sie längst nicht mehr. „Hallo", hört sie da eine Stimme.

Wer also einmal traurig ist und dann vielleicht den Weitergeb-Glückspfennig bekommt, sollte immer darauf hören, was er sagt. Und nicht vergessen, ihn weiterzugeben, wenn die Traurigkeit vorbei ist.

Das Spukhaus

Das Haus war alt und es hatte schon viel erlebt. Im Krieg wurde es bis auf den Keller zerstört. Aber es ist wieder aufgebaut worden und nun seit vielen Jahren vermietet. Die Mieter wechselten, aber eines hatten fast alle gemeinsam. Wenn sie in das Haus gingen, aber auch, wenn sie zurückkamen, ließen sie die schwere Tür laut zufallen. Und jedes Mal zitterte das Haus vor Schmerzen. Immer, wenn es Schritte im Treppenhaus hörte, fürchtete es sich. Nur vor Frau Schmidt hatte es keine Angst. Sie wusste mit dem alten Haus umzugehen. Wenn Frau Schmidt hinausging, und auch wenn sie heimkam, nahm sie vorsichtig den Türgriff in die Hand und drückte die Tür leise zu. Dann atmete das Haus erleichtert auf.

Bald bekam das Haus Risse und die Farbe blätterte ab. Der Besitzer ließ die Risse schließen und es bekam auch neue Farbe. Lange hielt das aber nicht. Rumms, wieder fiel die Tür laut zu.

Da beschloss das Haus, sich zu wehren. Wenn wieder die Haustür laut ins Schloss fiel, fing es an zu stöhnen. Die Mieter bekamen Angst. „Es spukt im Haus", flüsterten sie sich zu. „Blödsinn", erwiderte der resolute Herr Meier, „wir sollten dem Vermieter Bescheid geben. Das Haus braucht vielleicht nur eine Renovierung.

Der Vermieter ließ nun das Haus gründlich untersuchen, aber die Ursache wurde nicht gefunden. Da beschlossen die Bewohner, sich zu treffen, um zu überlegen, was man tun könnte. Vor dem Haus stand ein großer Tisch, den der Vermieter für die Bewohner aufgestellt hatte, dazu zwei Bänke. Da wollten sie sich am Nachmittag versammeln.

Nach und nach kamen alle Mieter aus dem Haus. Rumms, wieder fiel die Tür ins Schloss, man hörte ein lautes Stöhnen. Zuletzt trat Frau Schmidt aus dem Haus. Wie immer schloss sie die Haustür ganz vorsichtig und man hörte keinen Laut. Das bemerkten die Mieter und schauten sie fragend an. „Warum hört man denn kein Stöhnen, wenn

Sie aus dem Haus kommen?", fragte Herr Meier. „Haben Sie es denn nicht bemerkt?", antwortete Frau Schmidt und schaute ihre Nachbarn schüchtern an, „ich habe die Tür vorsichtig zugedrückt. Das geht nämlich. Das ist das ganze Geheimnis. Bei mir hat das Haus keinen Grund zum Stöhnen." Die anderen Mieter sahen sich verlegen an und versprachen Besserung.

Von nun an war es viel leiser in dem alten Haus. Die Haustür wurde geöffnet und vorsichtig wieder zugedrückt.

Das alte Haus aber war erleichtert, und es hat nie wieder gestöhnt.

Die Porzellanvögel

Hanna geht an ihren Bücherschrank, um sich Lesestoff zu holen. Dabei fällt ihr Blick auf eine Porzellanfigur. Sie zeigt ein Meisenpärchen, das zärtlich sein Junges füttert. Nachdenklich nimmt sie die Figur in die Hand. Ihre Gedanken gehen zu Oma Else und Opa Willy, den Eltern ihres Vaters. Aber was hat es mit dieser Figur auf sich?

Es ist schon viele Jahre her, dass Oma Else ziemlich unerwartet starb. Damals war Deutschland noch ein geteiltes Land, und die Großeltern lebten in der DDR. Hanna fuhr mit Mutter und Bruder zur Beerdigung. Ihrem Mann war die Einreise als Beamter verwehrt.

Der Opa war sehr traurig und konnte es nicht fassen, dass ihn seine geliebte Frau so plötzlich verlassen hatte. Immer wieder schluchzte er: „Sie hat nicht ein Wort mehr gesagt, ist einfach eingeschlafen." Dann nahm er diese Porzellanfigur aus dem

Schrank und gab sie Hanna. „Nimm sie mit als Erinnerung an Oma", sagte er dabei. Hanna war sehr gerührt, aber auch ängstlich, denn es war verboten, Porzellan auszuführen. Auf dem Formular, das man stets ausfüllen musste, schrieb sie „Keramikfigur", in der Hoffnung, dass man den Unterschied an der Grenze nicht feststellte. Vielleicht schauen sie auch nicht in die Tasche, dachte sie.

Aber es kam natürlich ganz anders. An der Grenze stand ausgerechnet die Grenzbeamtin, vor der sich ihre Mutter stets fürchtete, denn sie war besonders streng. Alle drei mussten aus dem Auto aussteigen, und sie untersuchte es sehr gründlich. Es war an diesem Januartag bitterkalt und Hanna fror sehr. Das bemerkte ihre Mutter und als die Untersuchung beendet war, sagte sie leise zu ihr: „Setz dich doch wieder ins Auto." Oh, da wurde die Grenzbeamtin aber böse. „Wann Sie sich ins Auto setzen, bestimme ich", sagte sie im strengen Ton. Dann befahl sie ihrem Bruder, ihr mit dem Gepäck in die Grenzbaracke zu folgen. Später berichtete er, er habe alles ausräumen müssen, sogar die Kulturtasche. Und natürlich wurde auch die Porzellanfigur begutachtet. Aber zum Glück glaubte man, dass sie aus Steingut war. So kam sie wohlbehalten zu Hause an.

Ja, das waren schlimme Zeiten, denkt Hanna. Wie schön, dass wir wieder ein vereintes Land sind. Der Opa hat die Wiedervereinigung leider nicht mehr erlebt, er folgte seiner Frau ein paar Jahre später.

Hanna stellt die Figur wieder an ihren Platz. Sie wird mich immer an Oma und Opa erinnern, denkt sie wehmütig.

Quarkkäulchen und Eierschecke

Auf dem Küchentisch stehen zwei Teller. Auf einem liegt ein großes Stück Eierschecke, auf dem anderen ein einsames Quarkkäulchen. „Na, Quarkkäulchen", lästert die Eierschecke, „du siehst aber ganz schön alt aus. Dich wollte wohl keiner?" Das Quarkkäulchen antwortet wütend: „Hab' bloß nicht so eine große Klappe. Du bist ja wohl auch übriggeblieben." „Na und?", die Eierschecke gibt keine Ruhe. „Ich wurde heute früh ganz frisch gebacken und schmecke morgen auch noch lecker." „Meinst du, ich nicht? In meinem Teig sind heute extra viele Rosinen, sogar in Rum getaucht. Das hält frisch. Aber, hicks, ich habe auch einen kleinen Schwips." „Siehst du", hört man wieder die Eierschecke, „das passiert mir nicht, ich bin Antialkoholikerin." „Dafür bist du auch langweilig", erwidert das Quarkkäulchen, „Teig, Quark, Eierpampe, immer das gleiche, bäh." „Von wegen immer das gleiche", trumpft die Eierschecke auf, „noch nie etwas von Mohnschecke gehört? Da kommt zuerst eine dicke Schicht Mohn auf den Teig, mmh, das ist saftig und lecker. Oder Rhabarberschecke, Kirschschecke, ach, man kann jedes Obst nehmen, immer wieder anders, aber immer gut." „Pff, Angeberin", das Quarkkäulchen ist beleidigt und sagt nichts mehr.

Eine Weile ist es still in der Küche. Doch dann...

Eine junge Frau kommt gerade herein und ruft freudestrahlend: „Oh, wie schön, da ist ja noch ein Stück Eierschecke für mich übrig und ein Quarkkäulchen für dich. Mmh", sie schnuppert, „da sind Rumrosinen drin. Das mag ich aber auch." „Na, dann teilen wir doch beides", schlägt der junge Mann in ihrer Begleitung vor. „Da steht noch ein Rest Apfelmus und", er schüttelt die Thermoskanne, „Kaffee auch."

In den nächsten Minuten hört man nur Gabelklappern, Schluckgeräusche und ab und zu: „Richtig lecker."

Und was schmeckt nun besser? Das bleibt jedem selbst überlassen. Ich mag beides.

Die alte Birke

Die alte Birke steht vor dem Haus und ihre Zweige wiegen sich im Wind. Was habe ich schon alles gesehen, denkt sie. Die alte Frau, die auf dem Balkon sitzt, hat schon als Kind unter meiner Krone gespielt. Dann hat sie geheiratet. Ihre Kinder spielten Ringelreihen um meinen Stamm. Und nun? Der Mann der alten Frau lebt schon lange nicht mehr, die Kinder wohnen weit weg und haben mich vergessen.

In diesem Moment tritt Frau Schumann auf den Balkon und schaut zur Birke hinüber. Sie erinnert sich an all die schönen Erlebnisse, die sie in ihrem Leben gehabt hat. Als Kind habe ich hier schon mit Johannes gespielt, denkt sie versonnen. Und später haben wir uns ineinander verliebt. Unsere beiden Kinder haben wie wir Ringelreihen um den Stamm getanzt. Und wenn Johannes von der Arbeit kam, saßen wir auf der Bank und schauten ihnen zu.

Ja, das ist schon lange her. Unser Junge, der auch Johannes heißt, ist Architekt geworden und baut in der ganzen Welt die schönsten Häuser. Und Uta, ach, sie war immer schon so träumerisch veranlagt. Sie ist eine Schriftstellerin geworden und richtig berühmt. Leider sehe ich sie mit ihren Familien so selten. Dabei hätte ich meine Enkelkinder Lisa und den kleinen Johannes so gern öfter um mich. Aber wenn sie mich dann besuchen, gibt es immer ein großes Familienfest. Nur schade, dass mein Johannes nicht mehr dabei ist. Doch, denkt sie, er ist immer dabei, in meinem Herzen. Und dann schaut sie noch einmal zur alten Birke und lächelt.

Ja, denkt die alte Birke. Ich gebe Freude und hoffe, das wird noch lange so bleiben.

Es wird Abend. Die Vögel setzen sich in die Zweige, um zu schlafen.

Und auch die alte Birke schläft zufrieden ein.

Doch eines Tages, es ist noch früh am Morgen, wacht Frau Schumann durch ein lautes Geräusch auf. Es klingt fast wie ein Schrei. Erschrocken springt sie aus dem Bett, wirft sich den Morgenmantel über und geht zur Balkontür. Jetzt hört sie das Geräusch noch lauter. Was ist das? Frau Schumann öffnet die Balkontür und ihr stockt der Atem. Drei Männer, alle drei mit einer Kettensäge bewaffnet, sind gerade dabei, Äste aus der Krone zu sägen. In diesem Moment fällt gerade ein großer Ast mit lautem Getöse zu Boden. „Was machen Sie da?", ruft Frau Schumann zu ihnen herüber. Einer der Männer dreht sich erstaunt um und schaltet seine Säge aus. „Guten Tag, meine Dame, was haben Sie gesagt?" „Guten Morgen", antwortet Frau Schumann, „ich möchte gern wissen, was Sie da tun, um Himmels Willen." „Wir haben den Auftrag, die alte Birke zu fällen." Mit diesen Worten schaltet er seine Säge wieder an und beginnt, einen weiteren Ast zu entfernen. Aber, das ist doch meine Birke, will Frau Schumann rufen. Ihre Birke? Nein, das stimmt ja nicht.

Die Birke steht auf dem Hof, und der gehört der Wohnungsbaugesellschaft.

Frau Schumann schließt die Balkontür, geht eilig ins Bad, zieht sich an und verlässt fluchtartig die Wohnung. Noch lange hört sie das Geräusch der Kettensägen. Es klingt wie ein Abschiedsgesang, denkt sie.

Auch die alte Birke ist am frühen Morgen aufgewacht. Als sie die drei Männer sieht, beginnt ihre Krone zu zittern. Sie weiß, dass ihr letztes Stündlein geschlagen hat. Aber sie weiß auch, dass sie nicht weglaufen kann, sie ist mit ihren Wurzeln fest im Boden verankert. Schon beginnen die Männer mit ihrer grausamen Tätigkeit. Jeder Schnitt tut ihr weh und sie würde am liebsten schreien, wenn sie nur könnte.

Frau Schumann läuft indessen ziellos umher, bis sie nicht mehr kann. Ich habe noch gar nichts gegessen und getrunken, denkt sie und bleibt vor einer kleinen Bäckerei mit Café stehen. Sie geht hinein, kauft sich ein Stück Kuchen und einen Kaffee und setzt sich an einen kleinen Tisch ganz hinten in der Ecke. Aber sie rührt weder Kaffee noch Kuchen an. Nur ab und zu fallen ein paar Tränen in die Kaffeetasse.

„Wir machen gleich Mittagspause", hört sie da eine Stimme. Es ist die Verkäuferin. Frau Schumann blickt aus tränennassen Augen auf. „Kann ich Ihnen irgendwie helfen?", fragt die Verkäuferin mitfühlend. Doch Frau Schumann schüttelt mit dem Kopf. „Nein, vielen Dank", flüstert sie und geht zur Tür. Nachdenklich schaut die Verkäuferin ihr nach und schließt die Ladentür ab.

Frau Schumann lenkt ihre Schritte nach Hause. Je näher sie kommt, umso langsamer werden sie. Aber dann steht sie doch vor der Haustür. Sie schließt auf und geht mit klopfendem Herzen zum Balkon, öffnet die Tür. „Meine Birke, sie ist tot", ruft sie erschrocken aus. Und tatsächlich, welch ein trauriger Anblick. Von der großen prächtigen Birke ist nur noch der Stumpf übrig. Die Äste sind, in handliche Stücke zersägt, ringsherum aufgebahrt.

Frau Schumann schließt die Tür, geht ins Wohnzimmer, setzt sich in einen Sessel und weint bitterlich.

Mittlerweile ist es Abend geworden. Da steht Frau Schumann entschlossen auf und geht noch einmal hinaus. Ihr Weg führt sie zum Hof. Vor den Resten der Birke bleibt sie stehen. Vorsichtig schaut sie sich um. Nein, niemand ist zu sehen. Dann sucht sie ein besonders schön gemasertes Stück aus dem Holzstapel, steckt es unter ihre Jacke und geht eilig wieder zurück in ihre Wohnung. Dort legt sie es auf einen kleinen Tisch, der im Wohnzimmer steht.

So bleibt mir immer die Erinnerung an meine Birke, denkt Frau Schumann. Und sie ist getröstet.

Der wundersame Kaktus
(Er blüht leider nur in der Fantasie.)

Es war einmal ein kleiner Kaktus. Er stand in der Wüste inmitten der anderen Kakteen und fühlte sich trotzdem allein. Und ihm war so heiß. Die Sonne brannte erbarmungslos vom Himmel. „Irgendetwas stimmt mit mir nicht", murmelte er vor sich hin, „ich habe immer geglaubt, Kakteen können Hitze vertragen. Warum fühle ich mich nicht wohl?" „Das kann ich dir sagen", hörte er plötzlich eine Stimme, „du bist kein richtiger Kaktus. Deine Mutter war eine wunderschöne Orchidee. Ein kleines Vöglein naschte von ihrem Blütenstaub und verirrte sich dann, bis es völlig erschöpft auf einem stattlichen Kaktus Ruhe fand und den Blütenstaub abstreifte. Und so bist du entstanden. Du hast doch auch viel schönere Blüten als wir." Das war der dicke, runde Kaktus nebenan und seine Stimme klang neidisch. „Wirklich?", fragte der kleine Kaktus. „Schade, dass ich mich nicht sehen kann." „Du kannst uns ruhig glauben", riefen die anderen Kakteen, „du bist der Schönste weit und breit, aber eben auch empfindlich. Uns macht die Sonne nichts aus." „Ach ja", seufzte der kleine Kaktus, „wenn es doch nur regnen würde." „Regen?", lachten die anderen, „da kannst du aber noch Monate warten. Und dann versickert das Wasser ganz schnell im Boden und alles ist wieder trocken."

Der kleine Kaktus war so erschöpft. Er schlief ein und träumte, er wäre in einem Märchenland mit vielen bunten Blumen und Regen.

So vergingen die Tage. Der kleine Kaktus wurde immer schwächer und seine schönen Blüten begannen zu trocknen.

Da hörte er eines Tages Stimmen. „Herr Professor, schauen Sie mal, was da inmitten der unscheinbaren Kakteen steht. Haben Sie so etwas Schönes schon gesehen? Die Blüten sehen aus wie Orchideen. Aber ich befürchte, er braucht Wasser." Die junge Frau, die das gesagt hatte, nahm eine Wasserflasche und benetzte den kleinen Kaktus vorsichtig. Oh, tat das gut. Der Mann, der mit Professor angeredet wurde, trat erstaunt näher. „Sie haben Recht, Elisabeth. Ein prachtvolles Exemplar. Wissen Sie was, Sie haben diesen außergewöhnlichen Kaktus zuerst entdeckt. Darum werden wir ihn Elisabethkaktus - Cactacea Elisabetha – nennen." Elisabeth wurde rot. „Aber Herr Professor", flüsterte sie, „ich bin doch nur eine kleine Assistentin." „Papperlapapp", rief der Professor, „Ehre, wem Ehre gebührt."

Der kleine Kaktus hörte alles mit Erstaunen. Ich bin also wirklich etwas Besonderes, dachte er stolz und reckte sich. Doch dann spürte er einen Ruck. Was war denn nun los? Der Professor grub den kleinen Kaktus aus und setzte ihn vorsichtig in eine Kiste mit Erde. Dann trug er die Kiste zum Auto. Der kleine Kaktus wusste natürlich nicht, was ein Auto ist, aber er spürte, dass etwas Großes geschah. Dieses Ding, in das der Professor die Kiste gebracht hatte, bewegte sich. Ihm wurde ganz schwindelig. Die junge Frau, die Elisabeth genannt wurde, besprühte ihn immer wieder mit Wasser. Langsam kam der kleine Kaktus wieder zu Kräften, und er gewöhnte sich auch an die Bewegung.

Irgendwann hielt das seltsame Ding, und er wurde mitsamt seiner Kiste angehoben. Was war denn nun wieder los? Man trug ihn in ein Flugzeug. Aber woher sollte der kleine Kaktus das wissen. Er wurde immer aufgeregter. Und nun wurde es dunkel, denn man hatte die Kiste in den Laderaum gestellt. Der kleine Kaktus bekam es mit der Angst zu tun. Wo bringen Sie mich hin, dachte er.

Endlich landete das Flugzeug und seine Kiste wurde angehoben. Der kleine Kaktus schloss die Augen, soviel Angst hatte er.

Als er sie wieder öffnete, staunte er. Wo bin ich denn hier, dachte er fröhlich. Er sah sich um. Er saß in einem gläsernen Haus, und rings um ihn herum standen Blumen mit herrlichen Blüten. Das waren Orchideen, aber das wusste der kleine Kaktus nicht. Oh, ist das schön hier, freute er sich, und nicht mehr so schrecklich heiß. Hier möchte ich bleiben. Dann schlief er wieder ein, denn die Abenteuer waren doch etwas viel für so einen kleinen Kaktus.

Der kleine Kaktus erwachte von hellen Blitzen. Erschrocken öffnete er die Augen. Die Blitze kamen von den Menschen, die vor ihm standen. Sie hatten seltsame kleine Kästen vor den Augen. So etwas hatte der kleine Kaktus noch nie gesehen und so wusste er auch nicht, dass er fotografiert wurde. Aber es blendete ihn und er schloss schnell wieder die Augen. „Sag mal", hörte er plötzlich eine Stimme, „wo kommst du denn her? Du siehst ja nicht aus wie wir, hast aber so schöne Blüten." Das war die Orchidee, die neben ihm stand. „Oh", antwortete der kleine Kaktus, „wo ich herkomme, war es furchtbar heiß. Man erzählte mir, meine Mutter war eine Orchidee." „Wir alle sind Orchideen", hörte er es nun von allen Seiten. „Lasst uns die Vöglein rufen, die hier im Gewächshaus umherfliegen. Dann gibt es bald ganz viele von dir." Der kleine Kaktus war erschrocken, aber was sollte er tun. Er wusste nicht, was passieren konnte. So hielt er still, als alle Vöglein zu ihm kamen, die vorher den Blütenstaub von den Orchideen geholt hatten.

Und eines Tages standen lauter kleine Kakteen ihm ihn herum, die sahen genauso aus wie er.

Und seit dieser Zeit gibt es den Elisabeth-kaktus - Cactacea Elisabetha -.

Die Schäflein

Edith ist schon oft in diesen kleinen Ort gefahren, um dort ein paar Tage Urlaub zu verbringen. Am Rande des Ortes gibt es einen wunderbaren Park, in dem sie sehr gern spazieren geht. Und ab und zu gönnt sie sich auch ein fürstliches Essen im Schlossrestaurant, das mitten im Park liegt.

Auch in diesem Jahr ist sie wieder da und gleich am nächsten Tag führt sie ihr Weg zum Park. Die Häuser, an denen sie vorbeigeht, schmücken liebevoll angelegte Gärten. Aber das ist natürlich nichts gegen den Park, denkt sie lächelnd.

Plötzlich stutzt sie. Vor einem Haus, genauer gesagt, vor der Hecke, steht ein kleines Schäflein aus Steingut. Das sieht ja niedlich aus, denkt Edith und geht lächelnd weiter.

Edith geht eine ganze Weile im Park spazieren, erfreut sich an der Blumenpracht und macht viele Fotos. Auf dem Rückweg kommt sie wieder an der Hecke vorbei und schaut noch einmal zu dem kleinen Schäflein herunter. Lächelnd geht sie zurück zu ihrer Ferienwohnung.

Ein Jahr später ist Edith wieder da, um ein paar Tage in dem hübschen kleinen Ort zu verbringen. Schon auf der ganzen Fahrt denkt sie an das kleine Schäflein. Ob es wohl immer noch da ist, fragt sie sich.

Das will sie am nächsten Tag gleich nach-prüfen und sie bricht zu einem Spaziergang auf. Sie geht den bekannten Weg und kommt auch an dem Haus mit der Hecke vorbei. Edith schaut herunter. Da sitzt das kleine Schäflein ja noch. Ist das schön! Edith nimmt ihren Fotoapparat und hält das Schäflein, wie schon im vorigen Jahr, im Bild fest.

Als sie nach dem Urlaub wieder zu Hause ist, hat sie eine Idee. Auf ihrer Fensterbank stehen ähnliche kleine Schäflein, die sie einmal geschenkt bekommen hat. Vielleicht nehme ich im nächsten Jahr eines davon mit, überlegt sie.

So vergeht die Zeit und wieder ist ein Jahr vergangen. Edith freut sich schon und packt ihren Koffer. In ein Seitenfach legt sie eines der Schäflein. Sie hat das hübscheste ausgesucht.

In ihrem Ferienort angekommen, kann sie es kaum erwarten. Als sie am nächsten Morgen zum Park aufbricht ist sie schon ganz gespannt. Und tatsächlich, da steht das kleine Schäflein noch immer vor der Hecke. Vorsichtig nimmt sie ihr Schäflein, das sie von zu Hause mitgebracht hat, aus der Tasche und stellt es daneben, und zwar so, dass sich beide ansehen. Nun bin ich gespannt, ob beide im nächsten Jahr immer noch einträchtig nebeneinander stehen, denkt sie sich.

Und so ist es auch, beide Schäflein findet sie auch im nächsten Jahr wieder. Und es hat jemand noch ein kleines gelbes Entlein dazu gestellt. Die Schäflein aber sehen sich nicht mehr an. Es sieht aus, als ob sie sich gestritten haben, überlegt Edith. Und die Ente? Soll sie etwa den Schiedsrichter abgeben? Edith lächelt, schaut sich um, ob sie auch nicht beobachtet wird, und dreht die Schäflein so, dass sie sich wieder in die Augen sehen können.

Edith geht weiter und nimmt sich fest vor, im nächsten Jahr wieder nach den Schäflein und natürlich auch nach der kleinen Ente zu schauen.

Die alte Orgel

Es war einmal eine alte Orgel. Sie stand in der Kirche und hatte ihre besten Tage hinter sich. An Gottesdiensten wurde die Musik mit einer kleinen elektrischen Orgel eingespielt. Niemand kümmerte sich um sie, und so wurde sie immer trauriger und verstimmter.

Eines Tages kam ein junger Mann an der Kirche vorbei, ging neugierig hinein und sah sich um. Da entdeckte er die alte Orgel. „Oh, was für ein wunderbares Instrument, darf ich darauf spielen?", rief er aus. Der junge Mann war, wie es der Zufall wollte, Orgelbauer und konnte natürlich auch spielen. „Ich glaube nicht, dass Ihnen das Freude bereiten wird", antwortete der Küster, „sie ist sehr verstimmt. Es wurde lange nicht darauf gespielt." Doch der junge Mann ließ sich nicht davon abbringen und setzte sich beherzt an die Orgel. Oh, wie erschrak die Arme da, und vor Schreck gab sie einen ganz schiefen Ton von sich. „Hmm", der junge Mann runzelte die Stirn. „Haben Sie etwas dagegen, wenn ich mich der Orgel annehme? Ich bin Orgelbauer", fragte er den Küster. Der Küster murmelte unfreundlich: „Tun Sie, was Sie nicht lassen können, aber eins sage ich Ihnen gleich, bezahlen können wir Sie nicht. Unsere Kirchengemeinde ist arm." „Keine Sorge", sagte der junge Mann fröhlich, „ich will kein Geld dafür."

Von nun an kam der junge Mann jeden Tag in die Kirche und kümmerte sich um die alte Orgel. Er stimmte sie, reinigte die Pfeifen und polierte sie, bis sie aussah wie neu.

Und eines Tages erklang sie wieder zum Gottesdienst wie früher. Da freute sich die alte Orgel und jubelte.

Erwin, der Bücherwurm

Erwin lebt bei einem Professor. Dieser hat eine schöne große Bibliothek. Die riesige Auswahl macht jeden Tag zu einem Fest. Mal nascht er am Lexikon, mal an einem Reisebericht und wenn er etwas Leichteres essen will, gibt es auch einmal Hermann Löns oder Theodor Storm. Gerade wacht er auf. Heute ist Dienstag, denkt er, mir ist nach etwas Lustigem. Erwin schaut sich um und verschwindet in einem dicken Band: „Ringelnatz - Gesammelte Werke". Hmm, lecker. So könnte es weitergehen. Erwin lebt glücklich und zufrieden. Wenn der Professor nach einem Buch greift, in dem er gerade sitzt, schlüpft er schnell ein Buch weiter.

Doch dann stirbt der Professor. Es wird still im Haus. Erwin futtert ungestört weiter und wird dick und rund.

Eines Tages hört er Stimmen. „Was meinst du, Michaela, den Bücherschrank baue ich mir zu einem Barschrank um. Wir lesen doch nur E-Books. Ich bestelle einen Container und dann kommen die alten Schinken weg." „Du hast Recht, Thomas", hört Erwin eine Frauenstimme. „Das wird ein schöner Barschrank." Dann schlägt die Tür zu und Erwin ist wieder allein. Was habe ich da gehört, denkt er erschrocken, keine Bücher mehr? Wovon soll ich dann leben? In der Nacht kann er nicht schlafen. Er futtert sich durch die Bücher, bis er nicht mehr kann. Aber richtig schmecken wollen sie ihm nicht.

Am Morgen hört er wieder Stimmen, als er gerade in einem Buch von Wilhelm Busch sitzt. Da merkt er, wie die Bücher aus dem Schrank genommen werden. Oh Schreck, nun aber nichts wie weg. Er schlüpft aus dem Buch und versteckt sich ganz hinten an der Schrankwand.

„Guten Tag, ich bin Harald, der Holzwurm, und wer bist du?", hört er plötzlich neben sich eine Stimme. Er sieht sich um. Der, der sich als Harald vorgestellt hat, sieht ja fast so aus wie er. „Angenehm, ich bin Erwin, der

Bücherwurm", antwortet er. Dann erzählt er von seiner Vertreibung. „Ach, Erwin, der Schrank reicht für zwei", tröstet ihn Harald, „Bücher sind doch eigentlich auch aus Holz, probiere doch mal vom Regalbrett, lecker." Und er beißt kräftig zu. Erwin will es ihm gleichtun. "Au", ruft er, „ich habe mir fast die Zähne ausgebissen." „Na ja, du bist verweichlicht", sagt Harald. „Wir müssen uns was anderes überlegen." Noch ist Erwin satt, aber nach ein paar Tagen spürt er fürchterlichen Hunger. Alle Bücher sind weg. Am Morgen war Thomas noch einmal da und hat eine Tageszeitung im Bücherschrank liegen lassen. Erwin versucht ein winziges Stück, aber von der frischen Druckerschwärze bekommt er Bauchweh. Harald versucht, ihn mit kleinen Buchschnipseln, die er in der Ecke des Bücherschranks findet, am Leben zu erhalten. Doch irgendwann findet er nichts mehr, und er wird traurig, weil er seinem neuen Freund nicht helfen kann.

Da hört Harald, wie die Tür aufgeht und jemand hereinkommt. Vorsichtig schaut er durch ein kleines Loch und sieht zwei Männer, die sich unterhalten. „Thomas, willst du wirklich diesen schönen Bücherschrank als Bar umbauen? Das ist so eine schöne Tischlerarbeit, es wäre schade darum", fragt der eine. Und der andere Mann antwortet: „Na ja, Jens, du als Tischler hast einen Blick dafür. Aber ich hätte schon gern einen Barschrank." Harald wird hellwach. Ist das die Rettung für seinen Freund Erwin? Dann hört er wieder den, der Jens genannt wird: „Thomas, ich verspreche, ich baue dir einen richtig schönen Barschrank aus hellem Holz, wenn ich dafür den Bücherschrank bekomme." Thomas ist einverstanden. „Na gut, dann hol ihn man gleich morgen ab, ehe ich es mir anders überlege." Dann ist es wieder still. Harald ist ganz aufgeregt. „Erwin, halte noch bis morgen durch, die Rettung naht", ruft er und schüttelt seinen Freund sanft. Erwin öffnet die Augen und antwortet ganz schwach: „Rettung? Hast du ein Buch gefunden?" „Viel besser, morgen wird der Schrank abgeholt, und dann kommen wieder Bücher hinein. Halte durch, ich bitte dich." Erwin seufzt: „Ich versuche es." Dann fallen ihm wieder die Augen zu. Harald wacht die ganze Nacht bei ihm und hofft, dass er durchhält.

Früh am nächsten Morgen wird der Schrank abgeholt und zum Tischler gebracht. Und Jens stellt voller Freude alle seine Fachbücher hinein. Harald fängt sofort an, Erwin mit kleinen Buchfetzen zu füttern, ganz vorsichtig, er ist sehr schwach.

Nach ein paar Tagen geht es Erwin besser. Und von nun an leben beide wieder glücklich und zufrieden im Bücherschrank. Harald lässt sich das Holz schmecken, und Erwin futtert sich durch die Fachbücher. Nur manchmal noch sehnt er sich nach der Abwechslung, die er früher hatte, und wünscht sich einen Ringelnatz.

Lucia, die Lichtkönigin

Hanna liebt ihre täglichen ausgiebigen Spaziergänge. Regelmäßig geht sie auch zu einem Rosengarten in der Stadt, einem ihrer Lieblingsorte. Obwohl Hanna immer positiv eingestellt ist, kommt es auch schon einmal vor, dass sie schlechte Laune hat.

An einem solchen Tag führt sie ihr Weg wieder einmal zum Rosengarten. Und da entdeckt sie Lucia, die Lichtkönigin. Sie trägt leuchtend gelbe Blüten und erobert sofort ihr Herz. Dass es nun auch noch zu regnen anfängt, ist Hanna völlig egal. Ihre schlechte Laune ist verflogen.

Von nun an geht Hanna noch öfter zum Rosengarten und besucht Lucia. Wenn sie dann vor der Rose steht, begrüßt sie „ihre" Rose freudig. Sie erzählt ihr auch, wenn sie Kummer hat, zum Beispiel, als ihre geliebte Mutter stirbt. Wenn mich jemand sieht, wird er mich für verrückt halten, denkt sie manchmal. Und dann lächelt sie. Ist das wirklich wichtig?

Einmal träumt Hanna, dass Lucia in Wirklichkeit eine verzauberte Königin ist. In ihrem Traum hat Hanna Lucia tapfer befreit.

Als sie aufwacht, wundert sie sich. Hat sie das tatsächlich nur geträumt?

Nein, Hanna glaubt an Märchen und sieht ihre Rose von nun an mit ganz anderen Augen.

Der Fotoapparat

Edith geht sehr gerne spazieren, wenn es möglich ist, jeden Tag. Ihr ständiger Begleiter ist dabei ein kleiner Fotoapparat, den sie sich vor ein paar Jahren gekauft hat. Wenn sie vom Spaziergang zurück ist, hat sie immer eine große Anzahl Fotos, die sie dann abspeichert und zur Illustrierung ihrer Texte, die ihr unterwegs eingefallen sind, verwendet. Ein Smartphone will sie nicht, sie schwört auf ihren Fotoapparat. Und die Bilder sind auch sehr gut.

Eines Tages, es ist ein Samstagvormittag, führt sie der Weg wieder einmal über einen Wall in Richtung des hübschen Sees im Ort. Dort kann sie die Wasservögel beobachten und die Seele baumeln lassen, wenn sie gemächlich um den See herumgeht. Als sie ungefähr auf der Mitte des Walls ist, nimmt sie ihren Fotoapparat aus der Tasche, weil sie ein schönes Motiv entdeckt hat. Ach, das ist ja dumm, denkt sie da, ich habe den Akku gar nicht drin. Sie überlegt. Ja, sie hatte vorhin noch Fotos abgespeichert. Beim Herausnehmen der Speicherkarte wird wohl der Akku herausgerutscht sein und liegt nun auf dem Schreibtisch. Den ganzen Weg zurückgehen mag sie nicht, also muss es heute mal ohne Fotos gehen.

Zu Hause schaut sie gleich nach, aber der Akku liegt nicht wie vermutet neben ihrem Computer. Wo mag er nur sein. Ist er vom Schreibtisch gefallen? Nein, da ist er auch nicht. Da Edith weiß, dass sie am Sonntag keine Gelegenheit zum Spaziergang haben wird, weil sie am Vormittag zur Matinee will und am Abend in eine Theatervorstellung, lässt sie es erst einmal dabei bewenden. Er kann ja nicht verschwunden sein, denkt sie bei sich, ich schaue morgen oder Montag ganz in Ruhe nach.

Auch am Sonntag findet sie den Akku nicht. Am Montag räumt sie den ganzen Schreibtisch, der leider immer sehr mit Papieren belegt ist, leer. Der Akku bleibt verschwunden. Es hilft wohl alles nichts, sie muss sich einen neuen besorgen. Das wird ja nicht so schwierig sein, denkt sich Edith.

Doch leider kommt es immer anders, als man denkt. Das merkt sie, als sie das erste Fotogeschäft betritt. Hier hat sie schon des Öfteren Kopien von alten Bildern, von denen sie keine Negative mehr besitzt, fertigen lassen. Die Verkäuferin schüttelt den Kopf. „Fotoapparate führen wir gar nicht mehr", sagt sie zu Edith. Als sie das traurige Gesicht von Edith sieht, versucht sie, doch zu helfen. „Ich schaue im Computer nach, vielleicht haben wir im Lager ja doch noch einen Akku." Die freundliche Verkäuferin verneint nach kurzer Zeit. „Tut mir wirklich leid."

Edith verlässt das Geschäft und geht in den großen Elektronikmarkt, der in einem Einkaufscenter angesiedelt ist. Der Verkäufer ist ziemlich hochnäsig. „Das ist ein ganz alter Fotoapparat. So ein Modell hatten wir zuletzt 1995 im Laden." Damit lässt er sie stehen. Edith ist wütend, schließlich besitzt sie das gute Stück erst seit fünf Jahren.

Edith gibt nicht auf. Es gibt doch noch ein Fotogeschäft in der Stadt. Auch hier ist wieder eine freundliche junge Dame. Aber helfen kann sie Edith nicht. „Nur mein Kollege kennt sich noch mit Fotoapparaten aus. Er ist heute nicht da. Wollen Sie Ihren Apparat bis morgen hierlassen?" Nein, das will Edith nicht. Enttäuscht geht sie nach Hause.

Dort setzt sie sich sogleich an ihren PC und sucht nach ihrem Fotoapparat. Erstaunt stellt sie fest, dass er noch bei sehr vielen Onlinehändlern zu haben ist, genau zu dem Preis, den sie vor fünf Jahren bezahlt hat. Sie sucht sich einen Händler, der sehr schnell liefert. Gerade will sie die Bestellung abschicken, da hält sie inne. Wenn ich doch noch einmal den Weg abgehe, den ich Samstag gegangen bin? Aber eigentlich wäre es doch ein Wunder, wenn sie den Akku nach zwei Tagen noch genau dort finden würde.

Aber Edith glaubt noch an Wunder. Und so geht sie, bevor sie die Bestellung abschickt, doch noch einmal genau den Weg ab, den sie am Samstag gegangen ist, immer den Blick etwas nach unten gerichtet.

Plötzlich stutzt sie. Liegt da nicht etwas kleines Schwarzes? Tatsächlich, im weichen Boden liegt ihr Akku. Er ist etwas verschrammt, scheint aber sonst in Ordnung zu sein. Freudestrahlend geht Edith nach Haus und probiert ihn gleich aus. Er funktioniert tatsächlich noch. Edith ist so glücklich. Manchmal hat man eben mehr Glück als Verstand, denkt sie und lacht.

Der Fotoapparat begleitet sie noch viele Jahre auf ihren Spaziergängen und im Urlaub.

Liebesknochen und Kakao

Martha sitzt im Wohnzimmer und schaut alte Fotos an. Ein Bild erregt ihre Aufmerksamkeit und sie sieht es sich genauer an. Auf dem Foto sind zwei junge Mädchen zu sehen, vielleicht sechzehn Jahre alt. Zwischen den beiden steht ein gut aussehender junger Mann, wohl im gleichen Alter. Meine Freundin Elisabeth, denkt sie erkennend. Und zwischen uns, das ist doch Martin. Alle Mädchen in der Klasse haben für ihn geschwärmt. Und er hat mit allen geflirtet und mal die eine, mal die andere in das kleine Café nahe der Schule eingeladen. Auch sie hat er manchmal mitgenommen. Und er hat immer Liebesknochen und Kakao bestellt. Merkwürdig, denkt Martha, dass ich daran gerade denken muss. Was wohl aus ihm geworden ist?

Nachdenklich stellt Martha die Schachtel wieder in den Schrank zurück, aber dieses eine Foto lässt sie auf dem Tisch liegen.

Am nächsten Morgen ruft sie ihre Freundin Elisabeth an. „Wollen wir nicht mal wieder zusammen Kaffee trinken?", fragt sie, „vielleicht in dem kleinen Café in der Nähe unserer alten Schule?" Elisabeth ist ein wenig erstaunt. „Wie kommst du gerade auf dieses Café? Wir treffen uns doch sonst immer im Café Moser?" „Ach", antwortet Martha, „ich habe gestern alte Fotos angeschaut und habe an unsere Schulzeit gedacht." Elisabeth ist einverstanden und so vereinbaren sie, dass sie sich um fünfzehn Uhr in dem Café treffen.

Nun sitzen die beiden bei Kaffee und Kuchen und reden über alte Zeiten. Da zieht Martha das Foto aus der Tasche. „Weißt du noch, wer das ist?" Sie sieht ihre Freundin fragend an. Elisabeth betrachtet das Foto. „Natürlich, das ist Martin. Ach Gott, was haben wir alle für ihn geschwärmt. Deshalb wolltest du hierher. Hat er dich auch manchmal zu Kakao und Liebesknochen eingeladen?" „Ja, und ich dachte lange, ich wäre die einzige", lacht Martha, „bis ich erfuhr, dass er auch die anderen Mädchen hierher abgeschleppt hat." „Meinst du, es gibt hier immer noch Liebesknochen? Wollen wir mal an der Kuchentheke nachschauen?", schlägt Elisabeth vor. „Herrlich, das machen wir", sagt Martha zustimmend, „wenn wir diese schöne Sahnetorte aufgegessen haben."

In diesem Moment öffnet sich die Tür zum Café. Herein kommt ein Herr mit weißem Haar und Bart. In der rechten Hand hat er einen Stock. An der Kuchentheke fragt er die Verkäuferin: „Haben Sie Liebesknochen da?" „Liebesknochen?", die Verkäuferin schaut ihn fragend an. „So etwas haben wir hier nicht, tut mir leid. Aber vielleicht finden Sie etwas anderes, das Ihnen schmeckt." Der Herr schaut auf die Auslage. „Aber da sind sie doch", ruft er dann, „genau die habe ich gesucht." „Ach, Sie meinen Eclairs, wie viele möchten Sie?" „Einen", antwortet er, „und dazu eine Tasse Kakao." „Kakao? Heiße Schokolade habe ich da. Suchen Sie sich schon mal einen Tisch, ich bringe Ihnen das Gewünschte sofort." Der Fremde sieht sich suchend im Café um und stutzt. Sind das nicht Martha und Elisabeth? Na klar, das ist ja eine Überraschung, denkt er erfreut. Dann blickt er wieder die Verkäuferin an. „Ich habe gerade zwei alte Bekannte entdeckt, da vorne am Tisch. Bringen Sie doch bitte drei Liebesknochen, Entschuldigung, ich meine Eclairs, und dazu drei Tassen Kakao oder heiße Schokolade, wie das jetzt heißt. Danke." Dann geht er zu dem Tisch, an dem er die beiden Damen entdeckt hat. „Martha, Elisabeth, das ist ja eine Überraschung", begrüßt er sie, „darf ich mich zu euch setzen?" Die beiden schauen erstaunt hoch. „Martin?", ruft Elisabeth aus, „das ist wirklich eine Überraschung, gerade...", sie hält inne und wird ein wenig rot. „Gerade habt ihr von mir gesprochen, stimmt es?" Es ist tatsächlich ihr alter Schulfreund Martin, und er lächelt sie beide freudig an. „Wir haben eben überlegt, ob es hier noch Liebesknochen gibt", antwortet Martha stattdessen. „Die gibt es noch." Martin ergreift wieder das Wort. „Aber sie heißen jetzt Eclairs. Muss ja heute alles modern sein." In diesem Moment kommt die Bedienung. „Bitte sehr, drei Eclairs und dreimal heiße Schokolade."

Sie stellt das Gewünschte auf den Tisch. Alle drei fangen schallend an zu lachen. „Du warst schon ein Schlawiner", sagt Martha zu ihm. „Gerade habe ich erfahren, dass du Elisabeth auch zu Liebesknochen und Kakao eingeladen hast. Na, eigentlich ja alle Mädchen aus der Klasse." Martin grinst schelmisch. „Ich konnte mich halt nie entscheiden." „Du musstest doch damals von der Schule und bist mit deinen Eltern weggezogen", erinnert sich Martha. „Und wo warst du die ganzen Jahre?" „Na ja", Martin wird nachdenklich, „ich war ja schon immer sprunghaft. Ich habe mich in der ganzen Welt herumgetrieben. Aber nun hat es mich wieder nach Hause gezogen." „Und", die beiden Damen sind natürlich neugierig, „hast du je geheiratet?" Martin lächelt. „Ich bin so flatterhaft geblieben. Lange habe ich es nie bei einer ausgehalten. Und bei euch? Seid ihr verheiratet?" Martha und Elisabeth werden etwas wehmütig, denn ihre Ehemänner leben schon lange nicht mehr.

Die drei unterhalten sich noch lange und sie erzählen sich, was sie in den vergangenen Jahren erlebt haben.

Von nun an treffen sich alle drei jeden Mittwoch in dem kleinen Café. Und die Bedienung tritt an den Tisch, lächelt und fragt: „Liebesknochen und Kakao, wie immer?"

Das Messingtischchen

Es klingelt an der Wohnungstür. Über das Gesicht von Frau Dorothea Kesarak huscht ein feines Lächeln. Um diese Zeit kommt immer Herr Eschnek, der Postbote. Frau Kesarak bekommt nie Besuch. Ihr Mann lebt schon lange nicht mehr, und Kinder hatten beide nicht. So freut sie sich jeden Tag auf das vertraute Klingeln.

Langsam geht sie zur Wohnungstür. Das Laufen fällt ihr etwas schwer, aber sie weiß, dass Herr Eschnek geduldig wartet. Endlich hat sie es geschafft. „Guten Morgen, Herr Eschnek, kommen Sie doch herein", begrüßt sie ihn freundlich. Herr Eschnek hakt Frau Kesarak behutsam ein und beide gehen in das Wohnzimmer zurück. „Nehmen Sie doch Platz und schenken Sie uns ein Likörchen ein. Sie haben doch jetzt sicher Feierabend." Frau Kesarak weist auf die gemütliche Sitzgruppe und setzt sich in einen der zwei geschwungenen Sessel. Dazwischen steht ein kleines Tischchen mit einer fein ziselierten Messingplatte. Die Zwischenräume der Beine sind mit Glas eingefasst. Vorn ist eine Tür vorhanden. In diesem Glasfach steht ein silbernes Tablett, darauf eine Karaffe mit den passenden Gläsern. Herr Eschnek nimmt die Karaffe und zwei Gläser heraus und schenkt den Likör ein. Das gehört zum festen Ritual seines Besuches, darum legt er seine Tour stets so, dass Frau Kesarak die letzte Postempfängerin ist. Es macht ihm Freude, die alte Dame, die so allein ist, aufzumuntern.

„Haben Sie Post für mich?", Frau Kesarak schaut ihn erwartungsvoll an. „Heute leider nur Werbung", antwortet er, „ach ja, und Ihre Rätselzeitung." „Das ist fein", Frau Kesarak strahlt. „Ich habe schon alle Rätsel gelöst und eine Karte mit dem Lösungswort für das Preisrätsel ausgefüllt. Nehmen Sie sie bitte gleich mit?" „Natürlich gern, vielleicht haben Sie ja doch einmal Glück." Mit diesen Worten steckt Herr Eschnek die Karte ein, die ihm Frau Kesarak entgegenhält. Bisher war das Glück ihr nicht sonderlich gewogen. Außer ein paar kleinen Trostpreisen hat sie nie etwas gewonnen. Aber darauf kommt es ihr auch nicht an. Sie freut sich, wenn sie die manchmal kniffligen Fragen beantworten kann, denn auch wenn sie nicht mehr gut zu Fuß ist, sie weiß sehr viel und trainiert sich mit dem Rätselraten auf angenehme Weise. „Diesmal gibt es eine Reise nach Rügen zu gewinnen. Ach, wie oft waren mein Mann und ich da und er liegt ja auch vor der Insel auf dem Meeresgrund. Eines Tages werde ich auch da sein, bei ihm." Ihr Blick wird etwas traurig, aber dann hellt sich ihr Gesicht wieder auf, denn ihr kommt eine Idee. „Wissen Sie was, Herr Eschnek, wenn ich die Reise gewinne, schenke ich sie Ihnen. Sie ist für zwei Personen. Dann können Sie Ihre Frau mitnehmen. Wäre das was für Sie?" Herr Eschnek lacht: „Oh ja, wir waren noch nie auf Rügen. Die Insel soll sehr schön sein." Frau Kesarak seufzt: „Sehr schön."

„Jetzt muss ich mich aber verabschieden, Frau Kesarak. Bis morgen, und danke für den Likör." Er erhebt sich. „Ich finde allein heraus, auf Wiedersehen." „Ja, bis morgen."

Frau Kesarak lächelt ihm zu und vertieft sich gleich in die Rätselzeitung.

Zwei Wochen später…

Als Frau Kesarak Herrn Eschnek die Tür öffnet, ist dieser ganz aufgeregt: „Hier ist ein Brief vom Verlag der Rätselzeitung, vielleicht haben Sie gewonnen!" So schnell es geht, gehen beide in das Wohnzimmer und nehmen in der Sitzecke Platz. „Machen Sie bitte den Brief auf?", bittet Frau Kesarak. Herr Eschnek öffnet ganz gespannt und liest vor:

Sehr geehrte Frau Kesarak,
wir freuen uns, Ihnen mitteilen zu können,
dass Sie den ersten Preis, einen zweiwöchigen Aufenthalt auf der Insel Rügen für zwei Personen, gewonnen haben.

„Habe ich es nicht gesagt, diesmal klappt es. Schnell, geben Sie mir bitte das Telefon." Frau Kesarak ist außer sich vor Freude. Sofort ruft sie beim Verlag an und bittet darum, die Reise auf Herrn Eschnek umzuschreiben. „Nun trinken wir aber erstmal ein Glas. Ich freue mich ja so für Sie. Grüßen Sie die Insel bitte von mir." Das verspricht Herr Eschnek, und als er sich verabschiedet, verlässt er eine strahlende alte Dame. Meine Frau wird staunen, denkt er. Er hatte ihr vorher nichts gesagt, denn an einen Gewinn hat er nie geglaubt.

Schon am nächsten Tag hat er die Bestätigung vom Verlag. Doch als Herr Eschnek bei Frau Kesarak klingelt, öffnet sie nicht. Er versucht es mehrmals, dann geht er in den ersten Stock. Dort wohnt der Hausmeister, Herr Bauer. „Herr Bauer", bittet er, „Frau Kesarak öffnet ihre Tür nicht. Können wir mal nachsehen?" Herr Bauer greift zum Zweitschlüssel, den ihm Frau Kesarak für alle Fälle gegeben hat. Sie öffnen die Tür. „Frau Kesarak", ruft Herr Eschnek, aber es kommt keine Antwort. Beide betreten das Wohnzimmer. Da sitzt Frau Kesarak im Sessel. Sie ist gestorben, aber in ihrem Gesicht ist ein Lächeln.

Als Herr Eschnek mit seiner Frau die Reise nach Rügen antritt, geht auch Frau Kesarak auf ihre letzte Reise. Das Ehepaar begleitet sie auf das Schiff und wirft einen kleinen Rosenstrauß in das Wasser. Dann schüttet Herr Eschnek ein Glas Likör ein. „Machen Sie es gut, Frau Kesarak", flüstert er und gießt den Inhalt ins Meer.

Als das Ehepaar Eschnek zurückkommt, hat Herr Bauer die Wohnung von Frau Kesarak bereits ausräumen lassen. Neue Mieter ziehen gerade ein. Schade, denkt Herr Eschnek, das Tischchen hätte ich als Erinnerung gern behalten.

Hanna poliert gerade die fein ziselierte Messingplatte ihres kleinen Tischchens. Die Zwischenräume der Beine sind mit Glas eingefasst. Vorn ist eine Tür vorhanden. In diesem Glasfach steht ein silbernes Tablett, darauf eine Karaffe mit den dazu passenden Gläsern. Ihr Mann hat das Tischchen mit Inhalt vor vielen Jahren bei einer Wohnungsauflösung erstanden. Wem es wohl gehört hat? Das weiß Hanna nicht, aber es passt sehr schön in ihr Wohnzimmer, in dem moderne und alte Möbel wunderbar miteinander harmonieren.

Der verlorene Ehering

Ingeborg und Johannes haben einen sehr schönen Garten an ihrem Haus. Er ist das Reich von Ingeborg, die ihn liebevoll in Ordnung hält und pflegt.

Eines Morgens ist Ingeborg gerade dabei, ein paar Möhren für das Mittagessen zu ernten. Sie blickt fröhlich und lächelt, denn sie denkt an die goldene Hochzeit, die sie und Johannes in zwei Wochen feiern werden. Als sie aber in der Küche die Möhren putzt, fällt ihr auf, dass ihr Ehering nicht mehr am Ringfinger steckt. Ingeborg wird blass. Ob ich ihn eben beim Ernten verloren habe, denkt sie und geht schnell noch einmal zurück. Aber so viel sie auch sucht, der Ring bleibt verschwunden. Traurig geht sie wieder in die Küche und bereitet das Mittagessen zu.

Johannes bemerkt beim Mittagsmahl, dass sie so still ist. „Was hast du, Liebes?", fragt er, „du bist so nachdenklich. Denkst du schon an unsere Feier zur Goldhochzeit? Haben wir vielleicht irgendjemanden vergessen einzuladen?" „Es ist nichts, Johannes", antwortet Ingeborg und versucht, ein fröhliches Gesicht aufzusetzen.

Nach dem Essen hilft ihr Johannes beim Abwasch. Dabei bemerkt er den fehlenden Ring. „Wo hast du denn deinen Ehering gelassen?", fragt er besorgt. Ingeborg blickt ihn traurig an. „Ich weiß es nicht, er ist verschwunden. Ich habe es bemerkt, als ich aus dem Garten kam, aber dort habe ich ihn nicht gefunden. Ich habe alles abgesucht." Johannes versucht, sie zu trösten. „Vielleicht hast du ihn doch im Haus verloren. Ich hatte in letzter Zeit den Eindruck, er sei dir etwas weit geworden. Ich helfe dir nachher beim Suchen. Aber jetzt wird es erstmal Zeit für den Mittagsschlaf." Er nimmt sie zärtlich an den Arm und führt sie ins Wohnzimmer. Dort legt sich Ingeborg auf das Sofa, Johannes macht es sich im Ruhesessel bequem und schläft auch gleich ein. Nur Ingeborg wälzt sich unruhig auf dem Sofa hin und her. Nach einer halben Stunde hält sie es nicht mehr aus und steht auf. Sie schaut im Bad, auf der Spüle in der Küche, im Schlafzimmer, nirgends ist der Ring zu finden. Auch Johannes ist inzwischen aufgewacht und hilft ihr beim Suchen, aber ohne Erfolg. „Das ist ein ganz schlechtes Zeichen", flüstert Ingeborg ängstlich, „hoffentlich passiert nicht noch etwas Schlimmes vor unserer Goldhochzeit." „Du mit deinem Aberglauben", lacht Johannes, „es wird nichts passieren. Wir werden eine wunderschöne Feier haben. Und wenn du gar nicht mehr daran denkst, taucht er vielleicht auch wieder auf." „Aber wenn ich ihn bis zur Feier nicht wieder finde, werden die Gäste sicher fragen, warum ich keinen Ring trage. Und was sage ich dann?" Da fällt ihr etwas ein. Sie geht an ihr Schmuckkästchen. Dort liegen die Ringe ihrer verstorbenen Eltern. Sie streift den Ring ihrer Mutter auf den Finger und, siehe da, er passt wie angegossen. „Na siehst du", Johannes nimmt sie in den Arm, „kein Mensch wird etwas merken." Ingeborg ist erst einmal getröstet, aber ganz beruhigt ist sie nicht. Immer wieder schaut sie, ob sie ihren Ring nicht doch irgendwo findet.

So vergeht die Zeit und der Tag der goldenen Hochzeit kommt heran. Als Ingeborg am Morgen in die Küche gehen will, hängt ein Zettel an der Tür.

Frühstück heute im Wohnzimmer

liest sie darauf. Neugierig öffnet sie die Wohnzimmertür. Der Tisch ist festlich gedeckt. In der Mitte steht eine Vase mit fünfzig herrlichen Rosen. In diesem Moment kommt Johannes mit der Kaffeekanne zur Tür herein. „Alles Gute zum Hochzeitstag", sagt er fröhlich und nimmt seine Frau in den Arm. „Das wünsche ich dir auch", flüstert Ingeborg gerührt und gibt ihm einen Kuss. „Das ist ja eine schöne Überraschung, danke." Johannes rückt seiner Ingeborg den Stuhl zurecht und schenkt ihr Kaffee ein. „Ach, ich habe ja noch etwas für dich", sagt er plötzlich und holt aus einer Hosentasche ein kleines Kästchen. Ingeborg öffnet es gespannt und erblickt einen feinen Goldring mit einem kleinen Rubin in der Mitte. „Der passt ja genau zu meinem Kostüm", strahlt sie und steckt ihn an den Finger, genau vor den Ring ihrer Mutter. „Ich danke dir, da hast du mir eine große Freude gemacht." „Nicht wahr", antwortet Johannes, „nun fällt es überhaupt nicht mehr auf, dass der Ehering etwas anders aussieht als meiner."

Nach dem Frühstück gehen beide ins Schlafzimmer, um sich für das große Fest anzukleiden. Johannes trägt einen schwarzen Anzug, eine rote Krawatte und ein rotes Einstecktuch. Ingeborg hat ein schwarzes Seidenkostüm an. Die Jacke ist mit roten Rosen bestickt. „Na, sind wir beiden Alten nicht ein schönes Paar?" Johannes blickt stolz auf seine Ehefrau. Nun wird es aber auch Zeit. Die Feier findet im Hotel Krone statt. Ingeborg und Johannes haben dort einen großen Raum gemietet und alle Verwandten und Freunde eingeladen. Es soll ein festliches Menü geben und später Kaffee und Kuchen. Dann werden die Gäste, die eine weitere Anfahrt hatten, nach Hause fahren. Für die übrigen ist noch ein kleiner Abendimbiss geplant. Johannes bestellt ein Taxi, denn sie wollen rechtzeitig vor den Gästen im Hotel eintreffen, um zu prüfen, ob alles zu ihrer Zufriedenheit vorbereitet ist.

Im Hotel angekommen, führt sie der Geschäftsführer in den angemieteten Raum. Alles ist perfekt, so, wie sie es sich gewünscht haben. Die Tische sind mit weißen Tischdecken, stilvollem Geschirr und üppigem Blumenschmuck gedeckt. Leise Hintergrundmusik ertönt. Rechts vom Eingang steht ein kleines Tischchen für die Geschenke? Ein kleines Tischchen? Ja, das ist richtig. Ingeborg und Johannes hatten sich gewünscht, dass die Gäste keine großen Geschenke mitbringen, sondern lieber etwas spenden. Sie wollen das Geld dann einem örtlichen Verein übergeben, der sich um vernachlässigte Kinder kümmert. Eine buntgeschmückte Schachtel, die die hoffentlich zahlreichen Umschläge aufnehmen kann, steht mitten auf dem kleinen Tisch.

Und da kommen auch schon die ersten Gäste. Es wird ein fröhliches Fest. Das Essen ist exquisit, man unterhält sich prächtig und die Zeit vergeht wie im Fluge.

Als alle Gäste gegangen sind, stehen Ingeborg und Johannes freudestrahlend vor dem kleinen Tischchen. Ein paar Blumensträuße stehen darauf und ein paar kleine Päckchen. Und die Schachtel ist prall gefüllt mit Umschlägen. „War es nicht ein schönes Fest? Ich bin gespannt, wieviel wir für die Kinder bekommen haben." Ingeborg nimmt Johannes in den Arm. „Aber die vielen Umschläge öffnen wir erst morgen früh", antwortet Johannes, „lass uns nach Hause fahren, es war ein langer Tag."

Am nächsten Tag öffnen sie die Umschläge. Ein großer Betrag ist zusammengekommen. Ingeborg und Johannes sind sehr dankbar und überweisen die Summe auch sogleich.

Ein Jahr später…

Ingeborg ist gerade im Garten. Die Möhren sehen prächtig aus, denkt sie, ich könnte heute einen Möhreneintopf kochen, den isst Johannes so gern. Sie pflückt eine gute Portion Möhren, legt sie in ihren Korb und geht in die Küche. Sofort fängt sie an, die Möhren zu putzen. Doch plötzlich stutzt sie. „Johannes, komm doch bitte mal in die Küche", ruft sie. Johannes eilt herbei. „Ist etwas passiert, Liebes?" Da hebt Ingeborg lachend eine schlanke Möhre in die Höhe. Daran steckt ein goldener Ring, Ingeborgs Ehering. „Na so etwas aber auch", stimmt Johannes lachend ein.

Unverhofft kommt oft

Am Freitag hat Minna Geburtstag. Sie wird einundsechzig. Eigentlich fühlt sie sich noch nicht so alt. Sie steht noch voll im Berufsleben und hat viele Interessen und Freunde.

Auch in Zeiten von Internet und Telefon freut sich Minna über die ganz normalen schriftlichen Geburtstagswünsche. Und in jedem Jahr kommen auch in den Tagen vor ihrem Geburtstag nach und nach Glückwünsche an, die sie aber immer erst am Geburtstag selbst öffnet.

Aber in diesem Jahr?

Was ist los? Jeden Tag schaut Minna zum Briefkasten. Kein Gruß. Zwei Versandhäuser schicken Gutscheine und ihr Apotheker gratuliert, mehr nicht. Oh je, wenn nur noch Glückwünsche von Versandhäusern und dem Apotheker kommen, dann werde ich wohl doch alt, denkt Minna traurig.

Dann kommt ihr Geburtstag. Sie hat frei. Um neun Uhr kommt der erste Anruf. Eine liebe Freundin singt ihr ein Ständchen durch die Leitung. Danach klingelt es in einem fort. So viele haben an ihren Geburtstag gedacht. Aber Minna hätte ja doch gern schriftliche Glückwünsche. Warum hat denn keiner geschrieben? Minna schaut aus dem Fenster. Da sieht sie den Postboten. Erwartungsvoll geht Minna zum Briefkasten. Und, siehe da, er ist mit vielen Briefen gefüllt. Minna geht glücklich zurück in ihre Wohnung und liest die vielen guten Wünsche, die ihr liebe Menschen geschickt haben.

Darüber wird es Mittag. Es klingelt. Wer mag das sein? Mutter und Bruder hatten sich doch erst für den Nachmittag angemeldet. Es ist der Paketbote. Er hat drei Pakete auf dem Arm. „Die sind alle für Sie", sagt er freundlich. „Oh, wie schön", antwortet Minna, „ich habe nämlich heute Geburtstag." „Da wünsche ich Ihnen auch alles Gute", sagt der Paketbote zu ihr. „Der September ist doch ein schöner Monat. Ich hatte am

Sonntag Geburtstag." Da gratuliert Minna ihm auch.

Freudig trägt sie die Pakete ins Wohnzimmer und packt eines nach dem anderen aus.

Die Flaschenpost

Hanna verbringt wie jedes Jahr ein paar Herbsttage auf Sylt.

Heute ist es ziemlich grau und es regnet auch etwas. Das macht Hanna nichts aus. Bei diesem Wetter sind nicht so viele Menschen am Strand. Sie kann spazieren gehen und ihre Gedanken schweifen lassen.

Hanna bricht am späten Vormittag auf. Und wie Recht sie hatte. Sie ist fast allein am Strand. Die wenigen Menschen flüchten, als es heftiger zu regnen anfängt. Das Meer schlägt hohe Wellen. Fasziniert beobachtet Hanna die gewaltige Natur. Ab und zu hebt sie eine hübsche Muschel oder ein Steinchen auf und geht fröhlich weiter.

Plötzlich stutzt sie. Da vorn schwimmt etwas Blaues. Sie geht näher heran, um den Gegenstand genauer zu betrachten. Es ist eine Flasche aus blauem Glas. Sie ist mit einem altertümlichen Schnappverschluss verschlossen. Neugierig hebt Hanna die Flasche auf, befreit sie vom Sand und betrachtet sie. Ist da nicht etwas in der Flasche? Ja, tatsächlich, es sieht aus wie ein zusammengerolltes Papier. Hanna steckt die Flasche in ihre Tasche und geht weiter.

Irgendwann ist es auch ihr zu viel. Sie ist schon ziemlich durchnässt. Hanna kehrt um und wärmt sich in ihrer Ferienwohnung etwas auf. Da fällt ihr die Flasche wieder ein. Sie holt sie aus der Tasche und öffnet sie vorsichtig. Es kostet sie einige Mühe, aber dann hat sie es geschafft, das Papier herauszuziehen. Neugierig rollt sie es auf und beginnt zu lesen:

Lieber Finder dieser Nachricht!
Ich bin wohl zum letzten Mal auf meiner geliebten Insel. Sie hat mir immer gut getan. Aber ich habe keine Kraft mehr für die weite Reise. Zu Hause habe ich niemanden mehr, und ich fühle mich sehr einsam. Darum würde ich mich über einen lieben Brief oder eine Karte freuen.
Hermann Schwale

Es folgt die Anschrift und das Datum. Das ist ein Altenheim in meiner Heimatstadt, welch ein Zufall, staunt Hanna. Sie schaut nachdenklich auf das Datum. Der Brief ist zwei Jahre alt. Ob der einsame alte Herr noch lebt?

Hanna will es auf einen Versuch ankommen lassen. Sie kauft eine Karte mit einem besonders hübschen Motiv von der Insel. Darauf schreibt sie:

Lieber Herr Schwale,
erst heute fand ich zufällig Ihre Flaschenpost am Strand.
Wie ich feststellte, wohne ich ganz in Ihrer Nähe. Vielleicht kann ich Sie einmal besuchen?
Ganz liebe Grüße von der Insel

Sie steckt die Karte in einen Umschlag und schreibt ihre Heimatadresse darauf. Wenn er nicht mehr lebt, kommt die Karte bestimmt zurück, überlegt sie.

Als Hanna eine Woche später wieder zu Hause ist und ihre Post durchsieht, stößt sie auf einen Brief, auf dem mit zittriger Schrift ihre Anschrift steht. Sie dreht ihn um, er ist von dem Absender der Flaschenpost. Hanna öffnet den Umschlag und liest:

Liebe Frau Hanna!
Ich habe mich über die hübsche Karte sehr gefreut. Und es wäre schön, wenn Sie mich einmal besuchen würden, damit wir uns kennen lernen.
Herzliche Grüße
Hermann Schwale

Gleich am nächsten Tag geht Hanna zum Altenheim. Sie hat ein Buch mitgenommen. Ich könnte ihm etwas vorlesen, hat sie sich überlegt.

Herr Schwale freut sich sehr über den Besuch. Sie gehen zusammen in die Cafeteria, trinken einen Kaffee, und Hanna muss ihm alles erzählen, was es Neues auf der Insel gibt. Darüber ist es fast Abend geworden. „Ich wollte Ihnen eigentlich etwas vorlesen",

sagt Hanna zum Abschied. „Vielleicht können Sie es das nächste Mal tun?" Herr
Schwale lächelt sie an und gibt ihr zum Abschied die Hand.

Von nun besucht Hanna Herrn Schwale
einmal in der Woche, liest ihm etwas vor
und plaudert mit ihm.

Bis er eines Tages friedlich eingeschlafen ist.

Wo die Liebe hinfällt…

Lulu von Winterstein lebt bei Frau Meyer. Sie ist eine Perserkatze und Frau Meyer ist sehr stolz auf sie, denn sie hat schon viele Preise gewonnen, deren Urkunden eingerahmt im Wohnzimmer hängen.

Dafür tut Frau Meyer natürlich auch einiges. Jeden Abend wird das seidige Fell ihrer Katze mit einer speziellen Bürste sanft gebürstet und mit duftendem Shampoo gewaschen. Fertig gekauftes Futter bekommt sie natürlich auf gar keinen Fall. Das bereitet Frau Meyer immer selbst zu.

Lulu fühlt sich also wohl, sollte man meinen. Sie schläft in einem hübschen Körbchen, und am Tag sitzt sie in der Fensterbank und schaut zum Fenster hinaus.

Bei Herrn Müller nebenan lebt auch eine Katze. Genauer gesagt ein graugetigerter Kater. Er heißt Paule und ist ein richtiger Draufgänger. Herr Müller hat ihn vor vielen

Jahren davor gerettet, von einem Auto überfahren zu werden. Seitdem sind die beiden unzertrennlich. Paule streift den ganzen Tag im Garten umher, und nachts geht er auf Entdeckungstour. So manchen Morgen kommt er mit Blessuren heim, aber das scheint ihm wenig auszumachen.

Eines Abends vergisst Frau Meyer, das Wohnzimmerfenster zu schließen, als sie ins Bett geht. Lulu wacht in der Nacht auf, weil ihr kalt wird und sie schaut zum Fenster. Das ist weit geöffnet. Lulu neigt ihr Köpfchen zur Seite, als wolle sie nachdenken. Dann geht sie zum Fenster und springt wagemutig hinaus. Ist das schön hier im Garten. Lulu sieht sich alles genau an.

In diesem Moment kommt Paule aus der Haustür, um auf seine nächtliche Tour zu gehen. Da sieht er Lulu im Garten spazieren gehen. Neugierig läuft er näher und schlüpft durch ein Loch im Gartenzaun. Dann baut er sich vor Lulu auf und schaut sie an, als wolle er sagen, bist du aber eine hübsche Kleine. Und was macht Lulu? Sie geht zaghaft auf ihn zu, und wenig später verschwinden beide hinter dem großen Rhododendronbusch.

Am Morgen bemerkt Frau Meyer das offene Fenster und das leere Katzenkörbchen. Wo ist meine Lulu, denkt sie ängstlich und läuft in den Garten. Gerade tritt Herr Müller aus der Haustür. „Herr Müller", haben Sie meine Lulu gesehen?" Sie blickt ihn fragend an. „Ihre Lulu?", Herr Müller lacht. „Ihr Stubentiger kommt doch nie aus dem Haus. Wieso sollte ich ihn gesehen haben." Da raschelt es plötzlich hinter dem Rhododendronbusch, und heraus kommen Lulu und Paule einträchtig nebeneinander.

Frau Meyer schlägt die Hände über den Kopf zusammen. „Herr Müller, was hat Ihr Straßenkater mit meiner armen Lulu gemacht?" „Was man halt so in der Nacht macht", antwortet Herr Müller lachend, „wo die Liebe eben hinfällt." „Wo die Liebe hinfällt!" Empört nimmt Frau Meyer ihre Lulu auf den Arm und geht kopfschüttelnd mit ihr ins Haus.

„Wie siehst du nur aus, Lulu", schimpft sie. „Du weißt doch, dass wir in einer Woche einen wichtigen Wettbewerb haben." Sofort beginnt sie, das Fell zu bürsten und anschließend muss die arme Lulu in die Badewanne.

Dann kommt der Wettbewerb. Lulu hat wie immer gute Chancen. Doch dann bemerkt die Schiedsrichterin etwas. „Ihre Katze bekommt Junge, Frau Meyer. Sie haben doch hoffentlich einen erstklassigen Kater zur Zucht ausgesucht?" Frau Meyer erschrickt und murmelt: „Ja, natürlich. Etwas anderes kommt doch nicht in Frage." Heute macht Lulu nur den zweiten Platz, und Frau Meyer fährt enttäuscht nach Hause. Dort läuft sie sofort zu Herrn Müller und stellt ihn zur Rede. „Na, gratuliere Frau Meyer, dann werden wir ja Großeltern, das ist doch schön", antwortet er schmunzelnd. „Ich finde das gar nicht komisch", ruft Frau Meyer wütend aus und lässt den verblüfften Herrn Müller stehen. Der winkt ihr lachend hinterher, und Paule steht mit ungläubigem Gesichtsausdruck daneben.

Lulu bekommt drei Kätzchen. Sie sehen etwas komisch aus, halt eine Mischung aus Perserkatze und Straßenkater. Aber irgendwie sind sie auch sehr niedlich. Frau Meyer geht nach nebenan zu Herrn Müller. „Nun schauen Sie sich an, was Ihr Kater angerichtet hat. Heute Morgen hat meine Lulu drei Junge bekommen. Wettbewerbe kann ich nun ganz vergessen. Wie die aussehen." Herr Müller geht mit Frau Meyer in ihr Haus, und Paule folgt den beiden.

Als Herr Müller die drei Kätzchen erblickt, strahlt er. „Frau Meyer", ruft er aus, „schauen Sie sich diese niedlichen Kätzchen doch nur einmal an. Können Sie da noch böse sein? Und Ihre Lulu scheint auch sehr glücklich zu sein. Sehen Sie doch nur, wie liebevoll sie mit ihnen umgeht." Frau Meyer blickt auf das Bild im Katzenkörbchen. Ihre Lulu leckt ihre kleinen Kätzchen ab und schnurrt zufrieden. „Vielleicht haben Sie Recht, Herr Müller. Lulu hat in ihrem Leben so viele Wettbewerbe gewonnen. Da ist es vielleicht auch Zeit, aufzuhören. Die drei sind ja wirklich niedlich. Aber ein wenig traurig bin ich doch. Ich war so stolz auf meine Lulu." „Das können Sie auch immer noch sein", antwortet Herr Müller, „und sehen Sie sich doch mal meinen Paule an." Paule? Ja, den haben die beiden ganz vergessen. Der liegt im Katzenkörbchen neben seiner Familie und schnurrt zufrieden.

Frau Meyer und Herr Müller sind fortan ein Herz und eine Seele. Jeden Nachmittag kommt Herr Müller zum Kaffee herüber, und Frau Meyer verwöhnt ihn mit ihren selbst gebackenen Kuchen.

Ja, wo die Liebe hinfällt…

Engelparade

Hanna steht vor ihrer Vitrine mit den kleinen Erzgebirgsengeln und betrachtet sie lächelnd. Es ist keine Musikkapelle, wie man sie kennt. Diese Engel sind etwas ganz Besonderes. Sie haben goldene Flügelchen und statt der Musikinstrumente haben sie Kuchen oder Kekse in ihren zarten Händen. Einer ist gerade dabei, Mehl zu sieben, ein anderer knetet fleißig den Teig. Aber neben den fleißigen Bäckern stehen auch kleine Köche. Ein Engel trägt sogar eine knusprige Gans. Wie kommt Hanna zu dieser besonderen Sammlung? Das ist eine lange Geschichte.

Vor vielen Jahren machte Hanna mit ihrem Mann Urlaub im Erzgebirge und sie wollten auch das Weihnachtsdorf Seiffen besuchen. Hanna hatte gehört, dass dort nicht nur die bekannten Musikengel hergestellt werden, sondern besondere Engel, die als Bäcker dargestellt sind. Diese wollte sie sich unbedingt ansehen, denn sie selbst backte sehr gern.

So fuhr sie also an einem Urlaubstag mit ihrem Mann nach Seiffen und sie suchten nach diesen Engeln. Endlich, sie wollten schon ihre Suche aufgeben, fanden sie in einem Geschäft sechs niedliche Engel, die tatsächlich als Bäcker dargestellt waren. Natürlich erstanden sie gleich alle sechs.

Damit sollte die Geschichte aber nicht zu Ende sein. Wie sich herausstellte, stellte diese Firma in jedem Jahr einen neuen Bäckerengel her. Von nun an bekam Hanna jedes Jahr einen dazu, so dass die Sammlung stetig wuchs.

Dann gingen dem Hersteller die Ideen aus, er verlegte sich darauf, kleine Kochengel zu fertigen. Das war kein Problem für Hanna. Sie stellte nun zum Beispiel einen Engel, der ein knuspriges Weißbrot trug, neben den Engel, der eine leckere Bratwurst auf den Grill legte.

Nach einiger Zeit gab es in jedem Jahr zwei Engel, einen Bäcker und einen Koch. Ihr Mann schenkte ihr immer einen zum Geburtstag und einen zu Weihnachten.

Als er dann starb, entdeckte Hanna die zwei Jahresengel. Sie stellte sich einen zum Geburtstag auf den Gabentisch, den zweiten unter den Weihnachtsbaum. Diese Tradition setzte sie fort. In jedem Jahr kaufte sie die zwei Jahresengel. Für sie waren sie immer noch Geschenke ihres Mannes.

Mittlerweile gibt es wieder nur Bäckerengel, die Firma hat den Verkauf der kleinen Köche eingestellt. Hanna kauft aber immer noch in jedem Jahr den neuen Engel. Sie stellt ihn von nun an immer abwechselnd zum Geburtstag oder zu Weihnachten auf den Gabentisch.

Eine richtige Engelparade habe ich mittlerweile, denkt sie liebevoll, als sie den neuen Engel in die Vitrine zu den anderen stellt. Mittlerweile ist ihre Zahl auf über fünfzig gewachsen. Die Zeit ist auch hier nicht spurlos vorübergegangen. Die Engel sind modern geworden. Dieser Engel trägt zum Beispiel schon ein elektrisches Rührgerät in der Hand.

Hanna will die ihr liebgewordene Tradition auch weiterhin fortsetzen und in jedem Jahr einen neuen Engel hinzustellen. Und vielleicht gibt es eines Tages ja auch wieder neue Kochengel?

Der falsche Weihnachtsbaum

Frau Schmidt hat in ihrem Wohnzimmer einen prachtvollen Gummibaum. Er ist so groß, dass er fast bis zur Decke reicht. Frau Schmidt liebt ihren Gummibaum und pflegt ihn sehr. Seine dunkelgrünen Blätter glänzen. Der Gummibaum ist mächtig stolz, denn wenn Besuch kommt, wird er immer bewundert. Ich bin der Schönste weit und breit, denkt er dann und ist glücklich.

Doch dann kommt Weihnachten. Frau Schmidt hat sich einen kleinen Weihnachtsbaum gekauft und ihn liebevoll mit Kugeln und Lichtern geschmückt. Nun strahlt er im Wohnzimmer, und der arme Gummibaum findet sich mit einem Mal gar nicht mehr so schön. Ach, denkt er traurig, wenn ich doch auch ein paar Kugeln und Lichter hätte. Der Weihnachtsbaum ruft zu ihm herüber: „Hallo, was bist du denn für eine schlichte Blume. Schau her, wie ich leuchte, sieht das nicht wunderbar aus?" „Ach ja", antwortet der Gummibaum. „Immer wurde ich bewundert, und jetzt fühle ich mich so klein und unscheinbar." „Das ist eben Weihnachten so", sagt der Weihnachtsbaum, „dann stehen wir im Mittelpunkt." Und er strahlt gleich noch einmal so hell.

Der Gummibaum wird immer trauriger und lässt seine Blätter hängen. Frau Schmidt wundert sich darüber. Was ist nur mit meinem schönen Gummibaum los, denkt sie. Sie versucht es mit Dünger, gibt ihm Wasser und reibt seine Blätter ab. Aber nichts hilft. Die Blätter bleiben stumpf und hängen traurig herunter.

Was mache ich nur, denkt Frau Schmidt und sie wird auch traurig, als sie auf den Gummibaum schaut. Da hat sie eine Idee. Ich habe doch noch eine Lichterkette und Kugeln auch, überlegt sie. Ich schmücke meinen Gummibaum, dann sieht er nicht mehr so traurig aus. Sofort eilt Frau Schmidt in den Keller. Sie holt die Lichterkette und die übrig gebliebenen Weihnachtskugeln hoch und behängt damit ihren Gummibaum. Mit jeder Kugel freut sie sich mehr, denn sie merkt, dass seine Blätter wieder nach oben gehen. Als sie fertig ist, betrachtet sie ihr Werk zufrieden. Nun wollen wir doch mal sehen, ob es funktioniert, denkt sie und schaltet die Lichterkette an. Da strahlt der Gummibaum und sieht wunderschön aus.

Frau Schmidt gefällt ihr Gummibaum so gut, dass sie tatsächlich überlegt, in Zukunft keinen Weihnachtsbaum mehr zu kaufen. Aber das bringt sie doch nicht über ihr Herz.

Und so strahlen nun jedes Jahr zu Weihnachten zwei Bäume im Wohnzimmer von Frau Schmidt um die Wette, der „echte" und der „falsche" Weihnachtsbaum.

Inhalt   Seite

ElviEra Kensche
wurde 1952 in Bad Salzdetfurth
geboren und lebt heute in Hildesheim.
Sie ist Mitglied bei den
Hildesheimlichen Autoren e.V.
und im Verein der Schriftstellerinnen
und Künstlerinnen Wien.
Bisherige Veröffentlichungen,
Neuigkeiten und aktuelle Texte unter
www.elvieras-schreibfeder.de